꽃 지는 바다, 꽃 피는 고래

정일근 고래 시집

꽃 지는 바다, 꽃 피는 고래

산지니

시인의 말

2024년 10월로 시인 이름표 단 지 만滿으로 마흔 해다.
그 기념—기념할 만한 일이지 모르겠지만, 고래 시집을
묶는다. 사람이든 고래이든 생은 비극이다. 다만 이 두
포유류가 희극을 연기할 뿐. 그래서 고래는 나의 친구였다.
나에게 시를 선물한 세상의 모든 고래에게 이 시집을
헌정獻呈한다. 감사와 존경의 오마주를 담아.

2024년 10월
정일근

차례

3부

4부

꽃 지는 바다, 꽃 피는 고래

-서시

나 돌아가리라
꽃 지는 바다로
꽃 피는 고래가 되어
인생의 바다에
수없는 인연의 꽃이 피었다가
모두 일장춘몽으로
덧없이 돌아갔다고
혼자서 우는 날이 많았지만
그 바다가 있어
나는 고래처럼 뛰어올랐네
나의 꿈을 향해
힘차게 고래 뛰기를 했네
나는 보았네
모두 꽃 지고 흘러간 줄 알았는데
그 꽃들 내 몸에 다시 피어
나의 색깔이 되고
나의 향기가 되었다는걸
아, 고래는 인연의 바다에 피는

꽃이라는 걸 알았네
나 즐거이 돌아가리
꽃 피는 고래가 되어
꽃 지는 바다에
꽃 피는 고래가 되어서.

1부

고래의 손

박물관에서 브라이드고래의 뼈보다
작은 손 하나 숨어 있는 것을 보았다
지느러미 있었던 자리, 사람으로 보자면
옆구리쯤에 달린 고래의 손 보았다
6천만 년 전 조상이 가졌던 뭍의 손
고래는 부적처럼 몸속에 감추고
빙하기 거치며 바다에서 살아왔다
브라이드고래의 손 앞에서
나는 진실로 화해의 악수 청하고 싶었다
우리는 어미 뱃속에서 나와
어미젖 먹고 자란 같은 포유류
돌아가고 싶은 오래된 미래에서 온
고래의 손 잡고 안부 묻고 싶었다
고래의 손은 여전히 퇴화 중!
사람의 손을 뿌리치고 해저 깊숙이
큰 지느러미로 헤엄쳐 달아나고 있는 중!
나는 어떤 주술로 그를 돌아오라 부르며
또 어떤 손으로 그 손 따뜻이 잡을 것인가

우리는 고래박물관에서 만났지만
죽어 버린 손과 살아 있는 손 가지고 만났지만
여전히 달아나고 있는 브라이드고래의 손과
엉거주춤 용서 청하는 내 손 사이
바다처럼 넓은 또 다른 바다가 막고 있었다
손을 넣기 너무 섬뜩한 사람의 바다였다
피 냄새 진동하는 사람의 바다였다

나의 고래를 위하여

불쑥, 바다가 그리워질 때 있다면
당신의 전생前生은 분명 고래다

나에게 고래는 사랑의 이음동의어
고래와 사랑은 바다에 살아 떠도는 같은 포유류여서
젖이 퉁퉁 붓는 그리움으로 막막해질 때마다
불쑥불쑥, 수평선 위로 제 머리 내미는 것이다

그렇다고 당신이 고래를 보았다고 말하는 것은 실례다

당신이 본 것은 언제나 빙산의 일각
누구든 사랑의 모두를 꺼내 보여주지 않듯
고래 또한 결코 전부를 다 보여주지 않는다

한순간 환호처럼 고래는 바다 위로 솟구치고
시속 35노트의 쾌속선으로 고래를 따라 달려가지만
이내 바다 깊숙이 숨어버린 거대한 사랑을
바다에서 살다 육지로 진화해 온

시인의 푸른 휘파람으로는 다시 불러낼 수 없어

저기, 고래! 라고 외치는 그 순간부터
우리는 사랑에 빠졌다

고독한 사람은 육지에 살다 바다로 다시 퇴화해 가고
그 이유를 사랑한 것이 내게 슬픔이란 말 되었다

바다 아래서 고래가 몸으로 쓴 편지가
가끔 투명한 블루로 찾아오지만
빙하기 부근 우리는 전생의 기억을 함께 잃어버려
불쑥, 근원을 알 수 없는 바다 아득한 밑바닥 같은 곳에서
소금 눈물 펑펑 솟구친다면
이제 당신이 고래다

보고 싶다, 는 그 말이 고래다
그립다, 는 그 말이 고래다

기다린다는 것에 대하여

먼 바다로 나가 하루 종일
고래를 기다려본 사람은 안다
사람의 사랑이 한 마리 고래라는 것을
망망대해에서 검은 일 획 그으며
반짝 나타났다 빠르게 사라지는 고래는
첫사랑처럼 환호하며 찾아왔다
이뤄지지 못할 사랑처럼 아프게 사라진다
생의 엔진을 모두 끄고
흔들리는 파도 따라 함께 흔들리며
뜨거운 햇살 뜨거운 바다 위에서
떠나간 고래를 다시 기다리는 일은
그 긴 골목길 마지막 외등
한 발자국 물러난 캄캄한 어둠 속에 서서
너를 기다렸던 일
그때 나는 얼마나 너를 열망했던가
온몸이 귀가 되어 너의 구둣발 소리 기다렸듯
팽팽한 수평선 걸어 내게로 돌아올
그 소리 다시 기다리는 일인지 모른다

오늘도 고래는 돌아오지 않았다
바다에서부터 푸른 어둠이 내리고
떠나온 점등인의 별로 돌아가며
이제 떠나간 것은 기다리지 않기로 한다
지금 고래가 배의 꼬리를 따라올지라도
다시는 뒤돌아보지 않겠다
사람의 서러운 사랑 바다로 가
한 마리 고래가 되었기에
고래는 기다리는 사람의 사랑 아니라
놓아주어야 하는 바다의 사랑이기에

고래, 孤來

고래가 제 새끼 낳는
영상을 본 적이 있어
망망 바다 깊고 어두운 곳에서
어미 고래가 자궁을
가죽점퍼 지퍼처럼 열자
새끼 고래가 헤엄쳐 나왔어
엄마, 아비 고래는 어디 있어?
새끼 고래가 어미 고래에게
그날의 나처럼 물어보았을까?
어미 위하여 새끼 위하여
촛불 하나 밝히는 손 없이
탯줄 끊어주는 손 없이
검고 고독한 의식이 진행되는 동안
바다가 할 수 있는 일은
내 아비처럼 침묵하는 일뿐이었어
아비 고래는 어디 있어?
나는 열 살 때부터
지상에서 부재중인 아비를

진해 바다에서 찾았지만
아비는 돌아오지 않았어
나의 시도 孤來
아비 없는 눈물에서 내 시 나왔듯
고래 역시 고독한 곳에서 온 生것이야
고래여, 새끼 고래여
고독한 곳에서 너 헤엄쳐 나왔으니
나처럼 고해의 밑바닥에서 왔으니
70년 목숨 온전히 산다면
고독하면 깊어지고
깊어지면 고통스러운
부정할 수 없는 바다의 수압처럼
사는 내내 아프지 않은 날 없으려니

바다에서 나는 부활한다

삶을 통째로 빨아 널고 싶은 날
바다, 푸른 바다로 가자

지친 살덩이와 거친 뼈다귀 훌훌 벗어던지고
찌들어 바짝 말라버린 영혼은 머릿속에서 끄집어내버리고
도시에서 검게 찌들어버린 희망 가슴에서 꺼내
바닷물에 넣어 빨래를 하자

추억의 뒷주머니에 넣어두고
까마득히 잊어버린
빛바랜 첫사랑도 꺼내 빨아야지

와이셔츠 목덜미에 묻은 때 같은
풀이 죽어 쭈글쭈글해진 꿈에서
시커먼 구정물이 콸콸 빠져나가
다림질한 팽팽한 수평선이 될 때까지
나를 통째로 빠는 거야

바다만 한 둥글넓적한 대야에
세상에서 가장 푸른 바닷물을 부어놓고
맨발로 그 빨래들을 신나게 밟아서 빨아보자
삶에서 푸른 물이 펑펑 다시 솟아나올 때까지
지근지근 자근자근 밟아주자

바다에 나를 넣어 빨래하면서 심심해지면
다도해의 섬을 모아 내 입술 위에 올려놓고
휘파람을 불어주리라
도망가는 고래를 잡아 손바닥 위에 올려놓고
내 그리운 사랑의 시를 읽어줄 것이니

모든 것을 다 받아주기에 바다란 이름이 된
우리나라 쪽빛 바다에 나를 빨아
뜨거운 여름 햇살 아래 탈탈 털어 말리며
나는 봄 도다리 가을 전어처럼
여름 갯장어 겨울 새조개처럼

온몸으로 펄쩍펄쩍 뛰며
싱싱하게 부활할 것이다

그때 내가 당신을 다시 유혹한다 해도
바다를 몸에 쫙 붙은 블루진처럼 입고 젊어진
고래인 나를 알아보지 못할 것이다

사람
-반구대 암각화의 사람 얼굴

그 사람의 얼굴 그 사람의 눈빛 남아 있지 않았다면
이 거대한 바위그림 시간의 흔적痕迹에 지나지 않아
돌 속에 식지 않는 선사先史의 몸과 가슴 감추고
고래 물개 사슴 호랑이 심장에 원시原始의 숨 불어넣어
바위 화면 가득 살아 있는 박동搏動의 세상 펼쳐주는
그 사람
바다짐승과 뭍짐승 알 수 없는 그림들 사이
숨은 그림처럼 숨어 우리 시대를 바라보는 뜨거운 눈빛
날 찾아봐라 나를 찾아 이곳으로 돌아오라며
신과 자연과 인간이 하나였던 시간의 처음으로
지친 우리를 부르는 그 사람.

부를 수 없는 노래

-천전리각석川前里刻石에 대한 해석

태초에 한 가인歌人 있었네 그의 노래 하늘에 닿으면 해가 뜨고 땅을 적시면 달과 별이 떴네 하늘과 땅 사이의 모든 생명 그의 노래 들으면 살아 있다는 기쁨에 꽃 피우고 열매 맺었네

그 가인 떠돌며 일월의 빛을 가리던 주술사의 주술 모두 잠재우고 창칼 끝에 모인 권력의 힘은 부드럽게 다스렸네 그의 노래 바람 타고 날아가며 세상의 이치를 만들었고 강물 따라 흘러가며 사람을 가르쳤네

어느 날 가인이 이 마을 지나다 호랑이와 사슴이 고래와 사람이 다정하게 어울려 사는 모습 보고 노래를 불러주었네 착하다 사람들이여 아름답다 마을이여 찬贊하는 노래 하나 남겼네

사람과 짐승들 그 노래 잊지 않으려고 가인의 노래 바위에 새기고 따라 불렀네 그 노래 사람의 입을 향기롭게 열어 아침이 오고 저녁이면 짐승의 귀들 편안하게 닫아

주어 잠들게 하였네

하늘의 태양 다 타버려 몇 개나 바뀐 헤아릴 수 없는 태평성대의 시간은 흘러갔는데 언제부터인가 사람이 글을 가지고부터 노래는 사라지고 말았네 안타까워라 이제는 그가 남긴 노랫말조차 읽을 수 없네

장생포 김 씨

마지막 고래잡이배를 동해로 떠나보내며
해부장 김 씨는 눈물을 보인다
김 씨의 눈물 방울방울 속으로
스무 살에 두고 떠나온 고향 청진항이 떠오르고
숨 쉬는 고래의 힘찬 물줄기가 솟아오른다
고래는 김 씨의 오랜 친구며 희망
청진항 고래를 이야기할 때마다
육십 나이에 젊은 이두박근이 꿈틀거리고
통일이 되면 통일이 되면
청진항으로 돌아가 고래를 잡겠다던 김 씨
누가 김 씨의 눈물을 멈추게 하겠는가
이제 마지막 배가 돌아오면
장생포여, 고래잡이는 끝나고
밤새워 고래의 배를 가르며 듣던
눈을 감고 환히 찾아갈 수 있는 김 씨의 고향
청진항 이야기는 끝나리라
장생포 고래 고깃집들 문을 닫고
그리운 노랫소리 또한 들리지 않으리라

다시 돌아갈 수 없는 청진항이여
스무 살 김 씨가 던지는 쇠작살에 맞아
싱싱하게 떠오르던
그리운 청진항의 고래여

장생포에서 청진까지

귀신고래가 돌아오는 날
아기고래에게 젖을 물리고
따뜻한 바다로 돌아오는 날
나는 고래가 되어
한 마리 푸른 고래가 되어
장생포에서 청진항으로 돌아가리라

한라에서 백두까지 길이 있다면
그대는 말이 되어 달려가라
중앙아시아를 힘차게 달리고
유라시아 대륙의 끝까지
한반도 깃발 펄럭이며 달려가라

나는 한 마리 고래가 되리라
우리가 고래라면 남과 북은 둘이 아니지
남과 북이 거대한 고래라면
동해의 꿈이 이 바다에서 멈출 것인가

블라디보스토크를 지나 오호츠크해까지 단숨에 달려가고
쿠릴열도 훌쩍 뛰어넘어 태평양으로 달려갈 것이니

오늘은 장생포에서 청진항까지
장생포에서 청진항까지
한 마리 푸른 고래가 되어
너에게로 돌아가리라

미래에서 온 시

저건 거대한 바위가 아냐
저건 바위에 새겨진 그림들이 아냐
하늘과 땅과 바다의 비밀을
사람의 내일을 노래한
저건 미래에서 온 시(詩)
바위그림을 보러온 사람은 읽지 못하는
저 시의 제작 연도에 대해
수천 년 전으로만 거슬러 올라가는
어리석은 사람들은 듣지 못하는
미래의 언어로 쓰인
21세기가 읽지 못하는 저 시를
물소리는 물의 언어로 읽고 가고
바람은 바람의 목소리로 노래하고 가는데
시인조차 시를 알지 못해 고래는 고래
호랑이는 호랑이 사람은 사람
바위 속에 새겨진 시를
자꾸 그림으로만 헤아리다 온다

2부

돌고래는 사람의 칭찬에 춤추지 않는다

칭찬한다고 돌고래는 춤추지 않는다

박수에 신이 나서 높이뛰기 하지 않는다

하루 24시간 장생포 수족관에 죄 없는 죄로 갇혀 살며

살기 위해 춤추고 먹기 위해 제 몸 날린다

그때마다 제 입으로 들어오는 한 끼니를 위해

돌고래는 죽자고 춤춘다

돌고래는 죽자 사자 높이뛰기 한다.

바다에서 사람의 자리

사람과 사람 사이에 고래가 있다, 조심해라

사람이 사람에게 겨누는 작살이 그 뒤에 숨어 있다, 반드시.

고래, 52

52Hz 가장 높은 주파수로 노래하는 것은
고래의 가장 아름다운 노래인데

바다 깊은 곳에서 하늘 높은 곳까지 전하는
바다의 기도인데

가장 외롭다는 것은 가장 빛난다는 것인데

외롭다는, 사람의 그 오만한 형용사를 용서하라

거룩한 바다의 사제여
사람의 죄, 바다에 알리고 그 벌, 하늘에 고하라

마침내 사람만이 외롭게 죽어갈 것이라 예언하는데
보지 못하고 듣지 못하는 것 또한 사람뿐인데.

바다의 하프

극동에서 바다가 얼 때
달빛이 함께 어는데

그 달빛을 비단으로 뜯어내며
올올이 긴 현으로 말아 튕기며
바다가 얼음 바다를 연주하는 소리
바다의 하프 소리라 하는데

북양의 거대한 수염고래가
그 하프 소리 몸속에 담고
바다의 바닥까지 헤엄쳐 내려가
우주를 향해 되울려 주는데.

바다, 인연

어디서 왔는지 어디로 가는지 바다와 몸을 섞어 한바탕 꿈을 꾸고 질펀한 분내 비린내 가라앉기 전인데, 수천수만 돌고래 떼가 바다에서 흔적 없이 사라지고 콩 한 자루 길바닥에 흩뿌려진 그다음처럼 찰나에 낱낱이 깨어져 사라지는 저 바다의 길, 고래의 길.

돌고래에게 배우다

수족관에 갇혀 헤엄치는 돌고래에게 물었다
ㅡ외롭지 않느냐

돌고래가 나를 빤히 보며 말했다
ㅡ지금 이곳에선 당신이 가장 외로워 보인다

돌고래는 알고 있었다
갇혔다는 것, 그건 내 마음일 뿐이다

나는 수족관만 볼 뿐인데
유치원에서 견학 온 어린아이들이
돌고래를 보면 바다까지 다 보이는 듯

까르르 까르르 신이 나서 환하게 웃고 간다.

고래의 예의
-좌현, 밍크고래 두 분!

바다에 나가 고래를 눈으로 조사할 때마다 큰 고래를 만나면 나는 분이란 호칭을 씁니다. 사람 소리 다 알아듣는 듯 그분들 한참이나 제 모습 보여준 뒤 천천히 사라집니다. 사람이 예의가 있으면 고래가 예의로 답하는 것은 고래를 기다려 보지 않으면 모르는 일입니다.

포경 반대

돌고래 수족관에서
암수 두 마리
뜨겁게 사랑 나누고
관객 향해 꺼내 드는
포경包莖하지 않은
수컷의 분홍 만년필
우윳빛 잉크로
코발트 빛 바닷물에
일필휘지로 쓰는
포경捕鯨 반대!

고래목측目測조사

울산 바다 고래 바다에

고래 몇 분 오셨나 세러 갔다가

단 한 분 만나지 못하고 올 때 많지

그건 섭섭한 일 아니지

그건 안타까운 일 아니지

내 눈 아직 어두워서이지

내가 바다의 일 알지 못해

고래 보지 못해서이지

고래는 분명 나를 보고 갔을 것인데

고래는 분명 우리를 세고 갔을 것인데.

역지사지易地思之의 고래

바다에서 연민을 가지지 마라
불법 포경업자에 쫓겨 도망가는 고래가 나이고
그 고래 잡자고 달려가는 자 또한 나이다
그사이 연민에 빠진 시인 또한 나이다
바다는 인생, 그 인생 바다에
너와 나의 구분은 필요 없는 법
우린 화엄의 바다에 피고 지는 한 뿌리 가진
바다에서 하늘을 향해 피는 꽃이다
나에게 작살을 겨누던 사람이 나이고
옆구리에 작살 맞고 피 흘리는 고래 또한 나이다
나에게 손가락질하던 이 나이고
손가락질 받던 이 역시 나이다
역지사지의 바다에서 고래는 용서와 화해의 부처
왼뺨을 치면 오른뺨 내미는 자비의 부처이니
결국 바다에서 학살은 내가 나를 죽이는 일이니
내 뺨 내가 치고 내 옆구리에 내가 작살 쑤셔 넣는 일이니
무슨 연민이 필요하겠는가

왜 눈물을 흘리겠는가
우리는 역지사지의 바다에서 같이 죽어가는 고래일 뿐이니
용서든 연민이든 다 버리고 돌아가
해원解冤 하자.

새오

고래잡이업자들이 1962년 11월 1일 발표한 포경 공동 작업에 대한 협약서 3조 4항에 새오라는 말이 나오는데

귀신고래 암컷이 포경선의 작살을 맞으면 수컷이 그 곁 맴돌며 떠나지 않을 때 새오붙었다 하는데

그 수컷을 새오라 하는데

결국은 암컷 따라 함께 작살 맞는 수컷을 새오라 하는데

일흔 해 가까이 같이 살며 암컷은 열두 달 임신해 새끼 낳는 귀신고래라는데

새오라는 운명의 그 말을 아는 순간부터 당신을 생각하는데.

3부

바다 피아노

먼바다에서 수천 마리 돌고래 떼를 만났다

그때, 동해는 바다에 놓인 거대한 피아노
수천 개의 살아 있는 건반을 가진 바다 피아노였다

동해가 푸른 피아노 뚜껑을 열자
건반인 돌고래들이 기다렸다는 듯 달려왔다

검은 등은 검은 건반
하얀 배는 하얀 건반

북위 35도 21분 46초
동경 129도 29분 28초
동해의 바다 피아노 연주가 시작됐다

돌고래 건반은 신비한 마법과 같아서
한 줄을 치면 두 줄이 달아나고
두 줄을 치면 네 줄이 늘어나고

동해가 아니면 연주할 수 없는 돌고래 소나타

바다가 펼쳐놓은 악보는 높고 거친 파도여서
연주의 처음부터 피아노 건반들이 힘차게 튀어 오른다.

고래 호텔

아침에 고래가 그물에 걸려 죽은
아픈 뉴스를 보았어, 더 이상은 안 되겠어
울산 바다에 고래 호텔을 지어야겠어
그물이 지뢰밭처럼 펼쳐진 동해를 오가며
힘들고 지치고 병든 나의 고래를 위해
가장 맑고 깨끗한 바닷속에
일곱 개의 별을 가진 특급 호텔을 만들어야겠어
고래에겐 숙박비와 룸서비스가 무료
고급 와인이 함께 나오는 풀코스 만찬이 무료
고래의 상처를 치료하는 의료서비스에
이벤트 홀에서는 미스터 생텍쥐페리를 모셔와
어린 왕자 낭독회를 열거나
안도현 시인을 초대해
고래를 기다리며 그 아름다운 시를 들려줄 거야
바다에 보름달 밝은 밤이면
외로운 고래를 위해서 댄스파티 열어줘야겠지
라밤바 차차차 부에나 비스타 소셜 클럽의 특별공연
으로

해가 뜰 때까지 고래와 함께 밤새워 춤추는 거야
나를 사랑하는 바다별이 찾아와 윙크 입장 원한들
상어가 춤추고 싶다며 날카로운 이빨로 협박한들
정중하게 사양할 거야
그 파티는 오직 고래만을 위한 것
고래 호텔은 오직 고래만을 위한 것
세상 모든 바다의 고래에게
울산 바다 고래 호텔이 입소문 난다면
그 소문 듣고 귀신고래 가족이
고향 바다로 무리 지어 찾아온다면
아아, 더 이상은 그냥 기다릴 수 없어
이 시간에 고래가 피 흘리고 있어
하루빨리 울산 바다에 고래 호텔을 지어야겠어.

경장鯨葬에 대하여

부고를 받지 않았지만
고래의 장례식에 조문 갔었어
일흔 해를 넘게 바다에서 살다
죽음을 맞이한 늙은 고래에게
바다의 마지막 숨을 허락하기 위해
아래로 가라앉는 육신을 밀어 올려주며
어린 고래들은 제 몸 가득 숨 주머니를 달고
바다의 탑을 쌓아 올렸어
장례식에 참석한 고래들이
가족인지 이웃인지 알 수 없었지만
살아 있는 고래들의 슬픔이 파도를 만들어
바다가 큰 북처럼 둥둥둥 울었어
그 소리가 되돌아 밀려와 내 뺨을 쳤어
아름다운 종신이 바다에 있었어
어머니의 뱃속에서 나올 때
저 고래, 혼자가 아니었듯
돌아가는 시간 외롭지 않았어
늙은 고래는

가장 행복한 표정으로 죽음을 맞이하고
고래는 죽어 천천히
바다의 처음이자 마지막인
그들의 묘지로 돌아갔어
고래 나이 일흔, 내 할아버지
그 나이 부근 바다로 돌아가셨어
젊어서 승려가 되고 싶었다던 할아버지
고해의 세상 훌훌 떠나며
늙은 고래처럼 행복했을까
아무리 기억을 찾아보았지만
할아버지의 웃는 얼굴이 떠오르지 않았어
부고를 내지 않았지만
고래는 나의 조문을 허락했어
그리 머지않은 미래에 있을
나의 죽음 당신의 죽음이
고래의 장례식처럼
따뜻한 축복이길 바라며
나는 길게 곡하고 두 번 절했어

고래가 답하는 조곡 소리 내 안을 울렸어
세이렌이 따라 울었어
향고래 범고래 귀신고래 보리고래가 울었어
반구대 암각화에 고래를 새기던 사내가 울었어
마침내 바다가 울었어
이를 악물고 바다가 운다는 것이 무엇인지
고래의 장례식에서 보았어.

흥분한다는 것

울산 바다 고래 바다에서 수천 마리 참돌고래 떼를 만나본 사람은 안다

그 흥분의 엔도르핀endorphin이 돌핀dolphin에서 왔다는 것을, 그건

내가 당신을 향해 맹목적이 될 때 내 속에 이미 돌고래 떼가 뛰고 있다는 말이다.

저녁의 고래

저녁에 바다에 혼자 남은 고래를
생각했네 문득 내 오랜 친구인 고래는
이 별에 저녁이 오는 것을 알까
궁금해졌네 가까운 푸른 바다에서
먼 검은 바다까지 서서히 어두워질 때
고래에겐 허허한 바다를 유영하다
돌아가 알전구 밝힐 바다 주소는 있는 것일까
저녁에 사람이 집으로 돌아갈 때
허기에 발걸음이 빨라지듯
고래는 포유류이기에 그리운 쪽으로
등 굽어지며 외로워질까
나팔꽃이 저녁에 입을 꼭 다문 일과
달맞이꽃이 밤에 피는 이유에 대하여
온몸에 피멍이 들도록 아프게 고민할 줄 아는지
돌아와 젖은 양말 벗고 발을 씻으며
지구의 하루치를 걸어와 맨발에 새겨진
퉁퉁 분 상처의 기록을 지우는
사람의 저녁과 발을 몸속에 감추고 사는

고래는 알고 있는 것일까
나는 알 것 같네 고래는 저녁에서
밤으로 흐르는 해류를 천천히 거슬러
하나의 뇌가 반은 잠들고 반은 깨어
잠들지 못하는 눈과 반쪽의 꿈으로
낮에 잠시 스친 시인의 안부로
고래는 저녁의 허기를 견딜 것이네
저녁이 와야 우주의 밤이 오고
밤이 와야 바다의 새벽이 와서
숨 쉬는 하루를 선물 받아
일해야 그 하루를 살 수 있는 사람과
살아야 그 하루를 생존할 수 있는 고래는
다시 저녁이 올 때까지 관절 뚝뚝 꺾으며
사는 일과 살아내야 하는 저녁의 이유를
제 몸 나이테 깊게 새기며 알 것이니
내 친구 고래는 알 것이니.

고래, 비치코밍

검붉은 해변에 나가 죽어 있는 고래를 주워요
심심할 때마다 죽은 고래에 바람을 불어 넣어요
진해선 철로 변 여인숙 담벼락 아래
버려진 콘돔 주머니 가득 넣어 다니며
자랑처럼 풍선을 불던 철없던 어린 시절처럼요
아직 죽지 않은 고래 곁에서는 잠시 기다려 줘요
곧 숨이 넘어가겠지요, 아저씨 고래를 밀어
자꾸 바다로 돌려보내려 하지 말아요
21세기에 살았다는 이유로 아저씨는 이미 유죄예요
물고기 대신 폐비닐이 살아 헤엄쳐 다니는 바다에서
뱃속 가득 그 비닐 잡아먹은 고랜 모두 가라앉을 거예요
죽기 위해 사람에게 찾아온 고랜 바람 빠진 풍선이지요
가끔 바다에서 뻥, 뻥뻥 고래 터지는 소리
레퀴엠 같은 우리 시대 바다의 비치코밍이지요
고래의 꿈은 바다의 끝인 푸른 하늘에 닿는 것
그곳에서 하늘로 자유롭게 유영하는 것
죽어 텅텅 비어버린 바다의 바닥에서
힘껏 바람 불어 넣어 고래를 날려 보내요

바다가 하늘로 돌아간 지 오래인 세상에서
고래가 섬이고 별인 우주의 새파란 수평선까지요.

운명

바다 색깔 머플러가 도착했다

내 목을 친친 감게 될

깊은 바다 무게 같은 운명에

나는 자꾸만 금 밖으로 솟구치고 싶었다

나는 기꺼이 사랑하다가

고래가 되어 운명에 목 내밀어 순교하리라

내 마지막 항진에

그대는 바다의 등대이거나

붉거나 흰 천을 날리며

심해에서 나를 부르는

세이렌의 쉬어 버린 노래이려니

내 옆구리엔 오래전 작살이 박혀

바다는 천천히 붉어진다

손톱 발톱이 다 빠지는 고통의 하얀 밤에

고래의 피 울음소리로 찾아갈 것이니.

고통, 고래

혹등고래 한 마리 거대한 제 몸 밀어 올려

망망대해 위로 펄쩍펄쩍 뛰어오르는 일에 환호하지 마라

고래는 단지 존재의 간지러움 때문에 힘껏 치솟아 오른다

혹등고래가 제 등짝 바다로 던져 장관의 물 폭탄 터지지만

그건 장중한 고래의 작은 기생충에 대한 참을 수 없는 가려움이려니

그건 또 뭍에서 바다로 가 손이 퇴화한 포유동물의 불편한 고통이려니

손 닿지 않는, 여기저기 숨은 내 생 구석구석 닿지 못

하는 부자유에

밤새 혹등고래인 양 펄쩍 뛰어오르며 만경창파 치는 해도를 꿈꾸며

나 또한 등짝 갈라져 피가 나도록 고통스러운 시를 쓰는 날이 있었다.

독거의 꽃

등 굽고 귀먹은 노인이 독상을 차리는 저녁이나

망망대해 먼바다에서 홀로 저녁을 맞이하는 늙은 고래나

살아있는 것의 세상 끝자리는 다 독거獨居다

시간을 소진해서 생명이 사라지는 언저리는 고독한 법

견뎌 내기에 아름다운 독거는 생명의 마지막 꽃

좋았던 왕년往年 활활 불태워 저승 갈 때 들고 가는

길 잃지 않으려고 꽃 등불 하나 환하게 밝히는 일이다

불구덩이에서 태워져 사람이 한 줌 재로 돌아갈 때

고래가 죽어 바다의 밑바닥으로 돌아갈 때

빈손으로 온 생을 불 밝히며 들고 가는 꽃 한 송이.

고래란 소리가 올 때

음절이든 어절이든 말 하나 귓속으로 들어가 고막을 울려 소리가 될 때

그 앞에 놓인 피아노 건반 2만 개 두들기며 지나간다는데

가령 내게 고래란 소리가 올 때마다 누가 그 피아노 힘차게 연주하는지

고막은 대북처럼 울리고 심장까지 쉬지 않고 따라 뛰며 앙코르를 외치는데

고래, 자다가 나를 벌떡 일어서게 하는 소리 있다

고래, 결국 나를 펑펑 울게 하는 소리 있다.

크샤나의 고래

불가에서 찰나刹那란 75분의 1초인데, 그렇다면 손가락 한 번 튕기는 65찰나인 일탄지시一彈指時는 얼마나 긴 시간인가

크샤나의 눈으로 보면 찰나에 자갈 해변이 파도에 깎이고 밀려 모래가 되고 굳어 다시 돌로 돌아간다 그 찰나에 고래가 사람으로 진화하고 시인이 고래로 돌아가는데

고래여, 크샤나의 고래여 우린 같이 새끼 젖 물려 키우는 포유동물로 오늘 동해에서 스친 눈 깜빡할 사이는

찰나를 나누고 또 나누어서 얻은 시간이 준 귀하고 긴 인연인가 그대는 나에 놀라 바다 깊숙이 침잠하고 나는 그대가 열열咽咽하여 목이 우물같이 잠겨 버린 그 순간이 안타까웠지만, 이 얼마나 고맙고 귀한 인연인가.

4부

고래의 귀

누가 세이렌의 아픈 노래에 함께 통곡하는가
누가 핏빛 바다의 기도에 진저리치는가
의심하지 마라, 바다 고래가 모두 다 듣고 있다
신이 바쁘셔서 듣지 못하는 고통을 기록하기 위해
고래가 제 눈 뒤편 속에 슬쩍 숨겨둔 귀가 있다
소라고둥 크기만 한 고래의 귀가 있다
보이지 않아서 귀가 없다고 말하지 마라
고래 앞에서 아무 말이나 막 하지 마라
고래가 듣고 바다가 듣고 신이 전해 들으신다
그리하여 북극에 사는 혹등고래의 노래를
남극의 혹등고래가 듣고 답가를 보내지 않는가
단 한 번 나타나지 않았지만 계속되는 절대고독
고래, 52Hz의 울음 오대양 바다 곳곳에서 들리듯
고래의 귀는 바다의 귀와 같은 것이다
우리나라 동해 해변에 보랏빛 해국이 핀 것을
한 마리 고래가 알면 세상 모든 고래가 알게 된다
어느 바다서는 고래가 사람의 작살에 피를 흘릴 때
고래를 위한 세이렌의 위무하는 슬픔이 울린다

고래의 귀에서 귀로 전하고 모든 고래가 기억하기 위해
바다의 검붉은 조곡이 울려 퍼진다
가끔 바다를 향해 내 마음 담긴 안부를 전해주자
고래에게 잘 지내고 있는지 묻는 인사를 들려주자
고래의 귀에 담겨 영원히 기록될 사랑과 희망을
목청껏 외쳐 보자, 신이 고래가 바다 신전으로 돌아오면
고래의 귀에 담긴 귀지 회수해 죄지은 자 벌하시고
선한 일에 상 주실 때를 위해 귀가 있는 것이다
그래서 고래는 자기 귀를 감추고 다 듣고 있는 것이다
신이 낱낱이 다 보고 있듯이 고래는 귀로 듣는 것이다.

바다가 푸른 이유

동해에서 힘차게 항진하는 고래가 보이지 않는다고
바다에서 고래가 모두 사라진 것은 아니다

희망이 두 눈에 선명하게 보이는 것은 아니잖니
꿈이 두 손에 꼭 잡히는 것은 아니잖니
나의 젊은 친구여, 그대의 꿈과 희망이
지금 보이지 않는다고 모두 사라진 것은 결코 아니다

팽팽한 수평선 저기 어디쯤 고래가 숨어 살듯이
너의 꿈, 너의 희망이 너의 생 어디쯤에서
기다렸다는 듯이 온몸 던져 고래인 듯 팽팽하게 솟구쳐 오를 것이니

바다에 고래는 살아 있다
바다 같은 너의 가슴에 희망이 있다
꿈은 언제나 싱싱하게 살아 그대를 기다린다

저것 봐! 그래서 바다든 청춘이든 같은 색이잖니

소금 뿌려 절여놓은 듯 변하지 않는 푸른색이잖니.

수평선에 꿰어서

하늘이 높아지면 바다는 깊어진다
바다가 뛰어오르면 하늘이 넓어진다
수평선에서 피어나서
새가 되어 하늘로 날아가면
하얀 뭉게구름이 된다
은갈치 떼가 되어 바다로 숨어들면
해변의 긴 파도가 된다
하늘에서 나를 보는 너와
바다에서 너를 기다리는 나는
둘이지만 하나이다
하나이지만 둘이다
새로운 하나가 되기 위해
다시 수평선으로 돌아가자
양쪽 끝을 팽팽하게 당겨
남에서 북으로 길게 늘여
고래가 돌아와 뛰어노는 바다가 되자
동에서 서로 길게 당겨서는
해 뜨는 바다가 되자

달 뜨고 별 뜨는 바다가 되자
밤이 깊어지면 깨어있는 별들을 불러
아득히 먼 섬들까지 깨워
수평선을 긴 줄처럼 돌려
단체 줄넘기를 시켜보자
신이 나면 고래들까지 찾아와 같이 뛰며
랄라라라 별은 바다로 달아난다
랄라라라 고래는 하늘로 달아난다
너는 나로 돌아온다
나는 너로 돌아간다
수평선으로 모두 촘촘하게 꿰어
하늘 끝까지 뛰어보자
바다 가장 깊은 곳까지 헤엄쳐 가자
별, 고래, 섬, 파도, 해안선, 등대, 윤슬 그리고 당신
내가 좋아하는 모든 것을 모아 여름 목걸이로 만들어 보자
신의 비치코밍으로 바다에서 죽어가는 것들 모두 되살려

우리 다시 한 번 뛰어보자
신이 나서 바다를 노래하는 하나가 되어보자.

지혜의 바다로 돌아가는 돌고래가 있어

내 서른, 마흔 나이 때 경주 남산에 삼백 번 이상을 이 골 저 골 올랐는데, 보름날 밤마다 우우 늑대인 듯 울며 산을 오르던 늑대 산행만 일백 번 이상 했는데 왜, 이제야, 이 나이에, 경주 남산이 한 마리 고래란 사실을 알게 됐는지, 거참, 나도 둔하네, 내가 그렇게 찾아 헤맨 천년의 사랑이 신라 동해에 살던 바다 내음 깊은 고래란 사실 모른 채 이 산 저 산 서라벌 분 냄새 나는 돌 속의 사랑 찾아 헤매었으니, 하지만 이젠들 알았으니 고마운 일, 어디든 훨훨 돌아간다면 부처의 바다에서 길이 이십 리, 너비 십 리인 이 큰 고래 따라 오체투지 올리며 미륵의 나라로 기어가며 내가 한 마리 돌고래가 될 때까지 바스러지다가, 야위고 여위어서 한 줌 흙먼지가 될 때까지 나는 두 무릎 다 까지며 오로지 기어서만 갈 것이니, 경주 남산이란 이 한 마리 고래가 값싼 사랑의 이정표가 아니라 함부로 사랑한 혹독한 죄라는 것 몸으로 알 것이니, 늦게라도 알고 배우는 일이, 여기가 지혜의 바다고 나는 아직 배우고 익히는 학생부군 신세의 작고 작은 고래라는 사실이니,

시월의 고래

시월엔 바다의 바닥으로 돌아가리라.
이제는 너덜거리는 냉기 식은 에어컨을 끄고
양말까지 다 벗고 편히 누워야겠다.
한때는 거대했지만 무엇 하나 기록하지 못한
여름 지나며 등뼈가 별자리처럼 돋을새김 된
마른 바위 같은 등짝에 암각화를 새기며 가리라.
지난여름 들끓던 엘니뇨의 바다여
이제는 불구대해不俱戴海 원수이듯 작별하자.
나는 팽팽한 수면 위로 떠 올라서
별이나 섬을 다시 꿈꾸기보다, 이제는
바다 아래 뻘밭 주소로 돌아가 밭 갈며 기다리련다.
언젠가는 내가 돌아갈 해저의 묘지와는
1인치 해벽 하나 사이를 둔 컴컴한 바다에서
나는 되사는 물속 호흡법을 다시 익혀야겠다.
나를 휘감은 혼돈의 촘촘한 그물 걷어내고
나를 찌르는 지난 세기의 작살 다 뽑아내고
내가 나를 살려 다시 천천히 부상한다면
다시는 북남으로 오가는 해류를 기다리지 않겠다.

험한 매 들어 내가 나를 아프게 때려가며 가겠다.
천천히 돌아가는 위도와 경도 가진 나의 바다를 찾아서
아직은 새겨지지 않은 나의 묘비명을 찾아서
시월이 오면 돌아가리라
바다의 바닥 제일 밑바닥으로 돌아가
다시 고래로 유영을 시작하리라.

서울역, 고래

-이광조에게

KTX 산천이란 이름들로 위장했지만
그 기차들 모두 고래다
같은 시간에 창원, 마산으로 8마리의 고래를
그 앞에 경주, 포항으로 가는 고래 8마리를
줄 세워 바다를 향해 달려갈 준비 중이다
출발 15분 전,
고래가 서울역이란 이름의 항구에 들어서면
벌써 코로 내뿜는 고래들의 숨소리가 다르다
신호가 떨어지면 이내 동해든 남해든
제 바다로 달려갈 준비를 마친 흥분상태가 된다
고래들이 서울항에서 모두 들떠있다는 것을
그래서 서울항에 미역 내음이 나는 것을
고래의 정체를 아는 사람들은 다 안다
가는 바다는 다르지만 16마리씩의 고래는
서로서로 밀어주며 바다를 향해 항진한다
동대구항에서 앞선 8마리는 동해로
나머지 8마리는 마산항으로 흩어진다
그렇다고 그 고래들이 바다로 돌아가는 것은 아니다

사람들이 온천욕을 즐기듯
바다에 몸을 담그고
서울살이에서 부족한 바다와 해풍, 소금을 채우면
다시 서울로 돌아온다
서울에 고래가 살기에
그래서 서울에 사람이 살 수 있다
서울에서 사람들이 살아가는 힘이
그 고래들에게서 나온다, 당신들이 모르는 사이
하루에 여러 차례 고래들은 바다로 돌아가고
바다에서 치유 받은 고래들은 서울로 되돌아온다
고래가 되돌아올 때 들어봐
서울역이란 이름의 항구에 뱃고동 기적이 힘껏 운다.

꿈, 고래

빠른 포경선 몰고 고래를 추격하는 꿈에서 놀라 깨어나니, 내가 고래였다. 아, 얼마나 다행스러운 고래의 꿈인가. 고래 잡는 사람이기보다 비록 도망 다니는 신세지만 고래가 돌아와 제 자식 젖 물리는 이 계절 이 바다에서는 얼마나 고마운 꿈인지. 깨지 말아야 할 꿈인지, 고래의 꿈인지.

고래 태풍

창동 사거리에서 누군가가 나를 불렀어.

어이 고래 시인 잘 지냈어?

진한 소금 내음 물씬 나는 익숙한 목소리가 나를 닉네임으로 불러 세웠어.

누구지?

이리저리 둘러보니 예술촌으로 내려가는 골목 어귀 전봇대 뒤에 고래가 죽은 제 새끼를 포대기에 싸서 업고 숨은 듯 서 있었어.

고래의 눈이 검붉게 충혈되어 있었어.

고래는 죽은 새끼에 대해 아직 희망이 남았는지, 업고 있는 죽은 새끼를 깨우려는지 수시로 흔들어댔어.

새끼는 미동이 없었지만, 그 마음 다 알 수 있을 것 같아 안타까웠어.

다만 그 모습 쓸쓸하고 너무 아파 나는 어떤 위로의 말을 전할 수 없었어.

그의 손을 끌고 가까운 커피숍으로 데리고 갔어.

차가운 커피를 시켜 놓고 고래의 말이 나오길 기다리는데 어디서 배웠는지 담배를 꺼내 먼저 피워 물었어.

시간이 납덩어리인 양 저벅저벅 무겁게 흘러갔어.

부탁이 있어 찾아왔어. 이 아이 치료받아보고 싶은데.

누구보다 현명한 친구 고래였기에 그가 더 잘 알 것인데 싶어 나는 그 말에 답을 하지 못했어.

고래의 뒤편에서 죽은 제 새끼를 살리고 싶은 고래의 비애가 벌떡 일어서 무학산의 양어깨를 잡고 항의하듯 흔들어대는 것 같았어.

합포만이 해일일 듯 솟구쳐 실핏줄 같은 골목마다 슬픔의 물길이 시퍼렇게 몰려갔어.

사람이 쳐 놓은 빈 그물에 걸려 이 지경이 되었어. 사람 사는 세상에 있다는 명의가 여긴 없는지. 늙은 내 명줄 이식하면 살릴 수 있지 않을까. 사람이 죽였으니 사람이 살려놓아야지.

고래는 수많은 질문을 던졌어.

나는 여전히 아무런 대답해 줄 수 없었어.

우리 이야기에 귀를 기울이던 가로등들이 먼저 울고 있었어.

내가 침묵하자 고래가 벌떡 일어섰어, 저녁 먹고 가라고 붙잡았지만 고래는 죽은 새끼를 업고 표표히 떠났어.

나는 언젠가 보았던 바다 깊은 곳 고래들의 공동묘지가 생각났어.

고래가 만약 제 새끼 그곳을 묻으러 찾아간다면, 자식

을 묻을 곳에 새끼에게 주고 싶었던 자신의 목숨 미련 없이 던져버릴 것이 뻔했어.

그러지 않으면 새끼를 낳아 젖 먹여 기르는 고래에게는 미쳐 버릴 일이 바다에선 다반사였어.

모두 사람의 죄였어.

바다를 피로 붉게 물들이는 사람의 살육이었어.

그날부터 나는 동쪽 하늘에 새끼 별이 돋아나길 간절히 기다렸어.

바다에선 죄 없이 죽은 고래를 하늘이 거둬가면 별로 태어나.

오동동 쪽에서 밝히는 요란하고 술 취한 네온사인 탓인지 그 별 보지 못했어.

그즈음 먼, 더 먼바다에서 화난 표정을 감추지 않은 태풍 하나가 만들어지고 있었어.

나는 그 이유를 알 것 같아 오싹해졌어.

바다에서 은밀하게 전해지는 고래 태풍이 움직이기 시작했어.

고래가 자신의 목숨을 값으로 걸면 어떤 복수든 다 해준다는 태풍이었어

지금 죽은 새끼를 업은 고래가 태풍과 함께 우리를 향해 북상 중일 거야.

세설細說, 고래의 선물

간서치 이덕무의 손자 이규경 선생이 남긴 오주연문장전산고五洲衍文長箋散稿란 백과사전이 있는데,

여러 나라 고금古今의 사물에 대해 고증하고 해설을 했는데 선생은 그 책 60권 60책에 1,417항목에 대해 남겼는데,

이 책 산부계곽변증설産婦鷄藿辨證說에 우리나라 산모들이 산후 미역국 먹는 유래가 나와 있는데, 전하기를

"사람이 물속에 헤엄쳐 들어갔다가 갓 새끼 낳은 고래에게 삼켜 고래뱃속에 들어갔다. 고래뱃속을 보니 미역이 가득 붙어 있었으며 장부의 악혈이 모두 물로 변해있었다. 고래뱃속에서 겨우 빠져나와 미역이 산후 보치하는 데 효험이 있는 것을 알았다. 이것이 세인에 알려져 그 양험이 처음으로 알려졌다."라고 하는데,

그래서 산부들이 미역을 먹기 시작해 오늘에 이르러

미역을 '고래의 선물'이라 한다고, 사실은 내가 세상으로 슬쩍 흘려보낸 세설細說인데,

이규경 선생의 오주연문장전산고가 경해鯨海라면 그 고래 바다에 나는 돌고래 새끼 한 마리 더 해 놓은 셈인데,

어머니의 고래*

우리 어머니 고래고기 장수 밤을 새워 고래를 잡고
새벽이면 고래고기 머리에 이고 시장으로 나가신다
-고래고기 사이소 맛있는 고래고기 사이소

어린 나는 고래가 밉고 고래고기 장수 어머니가 부끄러워
눈을 감고 귀를 막아도 고래고기 장수 어머니의 목소리

나는 미운 피노키오 고래뱃속에 갇힌
코가 큰 피노키오 나무 인형 피노키오
어머니는 고래고기를 팔아 날 키우시고 공부시켰네

고래잡이도 끝나고 어머니도 돌아가시고
나는 빈 바다를 떠도는 외로운 고래 한 마리
아, 보고 싶어라 우리 어머니
아, 다시 듣고 싶어라 어머니의 목소리

우리 어머니 고래고기 장수 밤을 새워 고래를 잡고

새벽이면 고래고기 머리에 이고 시장으로 나가신다 나가신다

-고래고기 사이소 맛있는 고래고기 사이소

* 최길 작곡, 남미경 시노래의 노랫말.

멸치고래의 유혹

정어리와 무리 이뤄 다닌다고 나를 정어리고래라고 부른다지. 조선에선 보리누름에 찾아온다고 보리고래라고 구수하게 불러. 나도 어미라서 2, 3년에 한 번씩 한 배에 한 마리 새끼를 낳지. 열 달하고 보름을 뱃속에 품었다가 한 해 지나기 전에 젖을 떼지. 그런데 나를 멸치고래라고 부르기도 한다는데, 나도 고래야. 몸길이는 최소 15m에서 최대 20m이며 몸무게는 최대 45t이야. 그래서 좀 많이 먹어 하루에 900kg를 먹어야 빠르게 헤엄을 칠 수가 있어. 내 멸치를 좋아하지만 멸치라고 부르는 것은 곤란해. 내 비록 멸치고래라고 불리지만 고래의 꿈을 포기한 적은 없어. 꿈을 포기하면 고래가 될 수 없어. 바다를 제압하며, 바다를 가르며 달려가는, 한 시간에 일백 리쯤이야 쉽게 달려갈 수 있는 고래야, 꿈을 포기하지 않은 보리고래야. 기다리고 있어, 보리 누렇게 익을 때 너를 찾아갈 것이니. 동구 밖 포구나무 아래서 기다리고 있어. 내가 보리피리 불어 삐꾸기 날릴 것이니. 한 번 봐야지,

바위 속 아기고래*

커다란 바위 속에 아기고래 한 마리
엄마 고래 품에 안겨 잠들어 있어요
살금살금 다가가서 간질간질 잠 깨우면
푸른 바다로 신나게 달려 올 것 같아요
바다가 푸르른 날에 휘파람을 불어 보아요
아기고래 돌아올 날을 기다려 보아요
아기고래 돌아올 날을 기다려 보아요

바다가 푸르른 날에 휘파람을 불어 보아요
바위 속에 아기고래 헤엄쳐 올 때까지
푸우푸우 숨을 쉬면서 울산 바다로
푸우푸우 물을 품으며 푸른 바다로
바다가 푸르른 날에 휘파람을 불어 보아요
아기고래 돌아올 날을 기다려 보아요
아기고래 돌아올 날을 기다려 보아요

*2011년 개봉된 이문식 주연의 영화 <고래를 찾는 자전거>의 주제가.
우덕상 작곡.

정일근 시인의 고래 적바림·1

울산 장생포, 고래가 울다

고래 울음소리를 들어본 적이 있는지요? 우연히 2차 세계대전 당시 잠수함에서 녹음한 고래 울음소리를 들어본 적이 있습니다. 그 소리는 마치 깊은 해저에서 들려오는 사이렌 소리 같았습니다. 바다가 인간에게 울리는 최후의 경보음 같기도 하고, 바다로 몸을 던진 '세이렌(Seiren)'의 슬픈 노랫소리 같기도 했습니다. 세이렌은 『오디세이아』에 나오는 바다의 괴물입니다. 상반신은 여자, 하반신은 새의 모습을 한 세이렌은 지중해의 섬에 살면서 감미로운 노래를 불렀고, 그 노래에 취한 선원들을 자신의 섬으로 유혹해 잡아먹었다고 합니다. 오디세우스와 그의 선원들은 귀를 밀랍으로 막고 그 노래를 듣지 않았기에 세이렌의 노래에 취하지 않고 무사히 바다를 건널 수 있었습니다. 낙담한 세이렌은 바다에 몸을 던졌다고 합니다. 고래의 울음소리 들었을 때 나는 죽음을 택한 세이렌의 슬픔 같은 것을 느꼈습니다. 그건 찬물로 뽑아내는 자바섬의 '더치커피'를 처음 마셨을 때의 맛과도 통합니다. 마음에 웅크리고 있던 오랜 슬픔이 한순간에 그냥 그대로 빙하가 되어버리는 것 같은 검고 슬픈 맛. 고래 울음소리를 들어본 사람은 그 슬픈 소리의 맛에 중독되고 맙니다. 고래를 생각하면 세이렌의 노래 같은 사이렌이 귓가에 무시로 울려 퍼집니다. 아시죠? 경보를 뜻하는 사이렌은 세이렌의 영어 이름입니다.

고래잡이의 근거지였던 울산 장생포에 가면 당신도 고래 울음소리를 들을 수 있을 것입니다. 그것이 환청이라 할지라도, 당신은 듣지 못했다 해도 장생포엔 고래 울음소리가 들립니다. 분명히 들을 수 있습니다. 국제포경위원회(IWC)는 1986년부터 상업적인 고래잡이를 중단시켰습니다. 그것으로 장생포 바다를 고래의 피로 물들이던 '붉은 역사'도 끝났습니다. 1985년, 저는 운 좋게 장생포에서 20세기 마지막 고래잡이가 된 포경선의 출항을 지켜본, 막 등단한 '젊은 시인'이었습니다. 역사적이라면 역사적일 수 있는 현장을 지켜보았던 기록으로 그날 밤 저는 잠들지 못하고 소금기 밴 장생포 여인숙 얇은 이불 위에서 연필로 시를 썼습니다. 그 시는 1987년에 나온 제 처녀 시집 속에 '장생포 김 씨'란 제목으로 남아 있습니다. 고래잡이가 끝나기 전까지는 '개도 만 원짜리를 물고 다닌다'는 활기찬 항구 장생포였습니다. 1992년, 내가 울산 사람이 되어 장생포를 다시 찾았을 때 장생포는 이미 지워지고 있는 낡은 문장이었습니다.

고래가 떠난 자리의 변두리에 공장과 굴뚝이 빠르게, 높게 자리 잡고 있었습니다. 굴뚝의 독한 연기 때문에 사람들은 도심에 마련된 환경이주단지로 떠나버려 빈집들만 그곳에 남아 있었습니다. 장생포(長生浦). 누가 처음 그 이름을 불러주었는지는 모르지만, 장생포라는 제 이름처럼 '장생'하지 못했습니다. 결국 올 2월에 '장생포동'이란 법정동의 이름까지 내주고 말았습니다. 울산에는 장생포가 없습니다. 울산시 남구 '야음장생포동'이란, 합병된 생뚱한 어감의 행정동만 있을 뿐입니다. 그래도 저는 장생포로 갑니다. 상처를 가진 추억은 아프지만 아픔 속에서 언제나 시가 빛나기 때문입니다. 마음의 빈집으로 바람이 불 때, 기다리는 일이 가시 같은 아픔이 될 때, 남자가 혼자 울고 싶을 때, 장생포로 갑니다. 모든 것이 떠나버렸지만 장생포는 여전히 그곳에 있기 때문입니다.

'루 게릭'이란 야구선수의 이름을 딴 병이 있습니다. 의학용어로는 '근위축성측색경화증'이라고 하는 병입니다. 근육이 위축되는 질환으로 움직일 수 없고 끝내는 호흡 곤란으로 숨을 거두는 병입니다. 천체물리학자인 영국의 스티븐 호킹 박사도 루게릭병 환자이며, 제주도를 한없이 사랑했던 사진작가 김영갑도 루게릭병으로 세상을 떠났습니다. 고래잡이가 끝난 장생포를 공업화란 이름의 괴물이 차지해 버렸습니다. 그때부터 장생포는 루게릭병 환자가 되었습니다. 움직이지 못한 채 사망선고를 기다리는 환자가 되어버렸습니다. 한때 스무여 척의 포경선과 1만 명이 넘는 장생포였지만 고래가 떠난 자리로 후폭풍처럼 불어온 공해 바람은 참으로 무서운 경고의 사이렌이었습니다.

루게릭병의 첫 원인은 외세였습니다. 평화로웠던 포구였던 장생포에 처음 고래의 피 냄새를 몰고 온 사람은 러시아의 황제 니콜라이 2세였습니다. 1891년 그는 장생포 앞바다에서 고래 떼를 발견하고 정부로부터 포경

어업권을 따내고 고래 해체 장소로 장생포를 택했습니다. 니콜라이의 포경선들이 잡은 고래들은 장생포로 끌려와 해체되었습니다. 바다 생선은 '손질한다'고 말하지만 고래를 '깬다'라는 표현을 씁니다. 거대한 바다의 제왕들이 장생포에서 '깨어져' 산산조각으로 흩어져 버렸습니다.

장생포에서 바다의 포유류인, 참으로 많은 고래들이 죽어 '고래고기'로 팔려나갔습니다. 36년 일제 강점기에는 일본이 6천500여 마리의 고래를, 1958년부터 1985년까지 우리나라가 1만 5천5백여 마리의 고래를 깼습니다. 단지 먹기 위해서 고래를 학살했던 것입니다. 학살의 기록 앞에서 고래들을 '신화의 바다'를 건너가던 배라고 본다면 장생포는 '세이렌'으로 읽을 수 있을 것입니다. 현대판 '오디세이아'에서는 세이렌이 자신의 노래가 끝난 슬픔 바다로 투신하는 것이 아니라 고래를 다 잡아먹어 버려 고래의 씨가 말라버린 빈 바다를 바라보는 배고픈, 루게릭병에 걸린 세이렌이 있을 것입니다. 그러나 그건 오독입니다. 누구도 장생포를 향해 손가락

질을 할 수 없습니다. 그건 바로 사람, 우리의 죄이기 때문입니다. 사실 세이렌은 장생포가 아닌 사람이 맡아야 하는 배역입니다. 고래가 두려워하는 것은 쇠 작살이 아니라 포경선이 아니라 장생포가 아니라 사람입니다.

울산 도심에서 장생포로 가는 길은 공업화의 심장을 관통하는 길입니다. 동해안을 달리는 31번 국도에서 다시 가지를 치는 '장생포로'를 저는 영화 <매드 맥스>의 한 장면을 보는 것과도 같다고 소개한 적이 있습니다. 울산석유화학공단 공장과 공장이 이어지는 길에는 대낮에도 불과 스모그를 뿜는 굴뚝과 정체를 알 수 없는 대형 원형 탱크와 수없이 얽혀 있는 파이프라인이 당신을 두렵게 만들 것입니다. 그렇다고 돌아서 버린다면 당신은 다시는 장생포를 만날 수 없을 것입니다. 장생포로 가는 길은 상처의 길입니다. 상처는 피하는 것이 아니라 두 눈 똑바로 뜨고 지켜보아야 합니다. 상처는 묻어버리는 것이 아니라 불에 달군 칼로 도려내야 합니다. 인생이 저에게 여러 차례 큰 상처를 남길 때 저는 그 상처들을 그렇게 도려내며 살았습니다. 이를 악물고 상처의 길을 걸어온 사람만이 장생포에 닿을 수 있고, 상처의 뒤편에 여전히 장생포 푸른 바다를 만날 수 있습니다. 그렇습니다. 장생포에는 바다가 있습니다. 사람이 죽인 바다, 사람이 버린 바다였지만 스스로 되살아나 상처 많은 사람을 안아주는 바다가 있습니다. 눈물이며 상처며 분노며 모두 다 받아주는 장생포 바다가 있습니다.

저는 바다를 가진 도시에서 태어났습니다. 그것이 제 운명이 되고 말았습니다. 저는 바닷가에서 태어난 사람의 생명은 바다에서 온다고 믿습니다. 또한 바닷가에서 태어난 사람의 영혼은 바다로 돌아간다고 믿습니다. 미국 시인 칼 샌드버그(1878~1967)는 시인은 원래 바다 동물이었는데 진화하여 육지에 산다고 했습니다. 바위그림으로 남은 울산의 반구대 암각화도 그런 선사의 기록이며 예언일지 모릅니다. 선사인이 바위에 새긴 고래의 그림은 바다에서 와서 바다로 돌아간 이들의 운명과 영혼의 행로를 기록하여 우리에게 전하는 것인지 모릅니다.

바다를 가졌기에 장생포는 생명과 영혼의 통로입니다. 장생포는 바다에서 태어난 생명들이 뭍으로 찾아오는 통로며 수명 다한 영혼들이 다시 바다로 돌아가는 통로입니다. 시작인 동시에 끝이며 끝인 동시에 시작인 곳입니다. 지금 그곳에 바닷물에 깨끗이 씻어낸 제 마음이 붉은 깃발처럼 펄럭이며 내걸렸습니다.

부산일보, 2007. 07. 12.

정일근 시인의 고래 적바림·2

고래가 시장바닥서 파는 생선입니까?

저는 시인입니다. 대학에서 강의를 하지만 고래와 무관한 전공입니다. 고래를 연구하는 학자가 아니라는 사실을 먼저 말씀드립니다. 울산에 주소를 둔 1992년 뒤로 '고래의 파수꾼'으로 살고 있습니다. 울산광역시는 자칭 '고래 도시'입니다. 국보 제285호인 반구대 암각화 속의 고래부터, 천연기념물 제126호인 귀신고래회유해면인 고래 바다를 가졌습니다. 여기에 장생포항이 있습니다. 국제포경위원회IWC에서 고래잡이에 대한 모라토리움Moratorium을 선언한 1985년까지 포경기지였습니다. 장생포 일대는 전국 유일의 고래문화특구입니다. 하지만 이건 그 주체인 고래들에겐 죄짓는 일입니다. 이런 환경이 저를 고래를 사랑하게 만들었습니다. 장생포에는 고래를 잡을 때보다 고래잡이가 중단된 지 30년이 지난 지금 20배나 많은 고래고기 식당이 즐비합니다. 고래를 사랑하는 일의 그 처음은, 분노에서 시작됐습니다. 고래에 대해서는 분노할 줄 알 때 뜨거운 사랑을 합니다. 울산에서, 한국에서, 아시아에서 고래를 사랑하는 일은 '참을 수 없는 분노'에서 시작됩니다. 여기에 우리 고래의 현주소가 있습니다. 그런 이유로 제 고래보고서는 시인으로 다소 '감성'적이고, 고래를 사랑하는 시인으로 지극히 '감정'적인 보고서라는 것 또한 밝힙니다.

당신은 고래를 본 적이 있습니까? 텔레비전이나 영화, 수족관 속 돌고래가 아니라 우리나라 바다에서 고래를 본 적이 있습니까? 고래박물관의 고래모형이 아닌 살아있는 고래를 본 적이 있습니까? 비싼, 죽은 고래고기가 아닌 우리 바다에서 힘차게, 살아서 헤엄치는 고래를 직접 본 적이 있습니까? 고래의 가장 큰 매력은 장엄한 항진입니다. 그 모습을 보고나면 누구나 반하게 됩니다.

바다에서 고래는 절대 제 모습을 온전하게 다 보여주지 않습니다. 사람이 자신의 적이라는 것을 고래는 분명하게 알고 있습니다. 고래의 출현은 순식간입니다. 한순간의 만남, 그것만으로 사랑에 푹 빠지지 않을 수 없습니다. 아픈 사실이지만, 고래는 죽어서야 제 모습을 다 보여줍니다. 그물에 걸려 죽은 고래를 언론이 '바다의 로또'라는 '치 떨리는 비유'를 앵무새처럼 반복해서는 안 됩니다. 더구나 금액까지 밝히는 일은, 고래살상에 대해 암묵적으로 사행심을 조장하는 동의입니다.

고래와 돌고래는 같지만 다른 이름입니다. 영어로는 '웨일Whale'과 '돌핀Dolphin'으로 분명히 분류됩니다. 둘 다 바다 포유류이지만, 큰 고래는 가족 단위로, 작은 돌고래는 무리지어 행동합니다. 울산에서 돌고래류는 자주 마주치지만, 고래류는 쉽게 볼 수 있는 존재가 아닙니다. 역설이지만 고래를 가장 많이 보는 사람은 국립수산과학원 고래연구소 연구원이 아닙니다. 불법포획꾼들입니다. 한 번 보기 힘든 고래를 많게는 수백 마리씩 잔인하게 잡아갑니다. 잡아서는 감시의 눈을 피해 바다에서 해체합니다. 어느 핸가 불법포획꾼들이 고래 100여 마리를 잡아 해체해 지리산 대형 창고에 보관하다 적발된 사실이 있습니다. 바다에서 살아야 할 고래가 죽어 지리산이라니! 지금 이 시간, 고래는 처참한 살육의 방식으로, 죽음의 사이렌을 울리며, 자신의 피로 바다를 붉게 적시며 죽어가고 있습니다. 당신 귀에는 고래 울음소리가 들리지 않습니까?

저는 고래와 돌고래를 대체로 많이 만난 편입니다. 우리 바다에 대형 고래류는 대부분 멸종 상태입니다. 제 눈으로 본 고래는 10미터 정도 크기의 밍크고래가 전부였습니다. 브라이드고래는 죽은 상태에서 만났습니다. 저는 울산시가 2000년 초반에 고래문화도시를 만들기 위해 위원회를 만들었을 때 고래보호운동가 자격으로 참여했습니다. 울산고래축제를 만드는 울산고래문화재단의 이사와 감사를 지냈습니다. 그 무렵부터 울산시가 본격 고래 조사를 시작해 참여하게 됐습니다. 고래를 찾아 바다로 나가는 날이 많았습니다. 그때부터 고래와 시인은 통하는 존재라는 것을 알게 됐습니다. 오영애 울산환경교육연구소 대표는 '울산에서 정일근 시인과 몇 번 고래 조사를 함께 나갔었는데, 신기하게 시인은 고래를 가장 먼저 발견하곤 했다. 필자는 시인이 고래를 부르고 있다는 생각을 하기도 했다.'

라고 어딘가에 쓴 적이 있습니다. 저는 원시여서 두툼한 렌즈의 안경을 씁니다. 그런 제 눈이 고래를 발견하는 확률은 높았습니다. 고래의 발견은 '저기, 고래'라고 환호하는 일순간의 짜릿함입니다. 그 순간 고래는 가족을 데리고 바다 깊숙이 숨어버립니다. 그 찰나는 '첫사랑처럼 환호하며 찾아왔다/이뤄지지 못할 사랑처럼 아프게 사라진다(정일근 시 「기다린다는 것에 대하여」에서)'는 일입니다. 돌고래는 낫돌고래와 참고래 떼를 자주 만났습니다. 돌고래는 많게는 수천 마리씩 몰려다닙니다. 그 대형 행진의 한가운데에서 장관을 보는 일은, 동해라는 푸른 피아노를 돌고래가 건반이 돼 연주하는 열정 소나타 연주를 듣는 일입니다. 돌고래는 자신들끼리 소통하는 200여 개 언어를 가졌다고 합니다. 바다에서 돌고래 떼와 사람이 만나면 그냥 지나치지 않습니다. 온갖 묘기를 보여주며 장난을 치며 놀리다 갑니다.

20년 전 고래를 사랑하면서부터 제가 내건 슬로건은 '고래는 문화다!'였습니다. 고래는 바다에 생존하는 살아있는 '문화 아이콘'입니다. 남북을 자유롭게 회유하는 '통일 아이콘'이기도 합니다. 여기에 고래가 가진 위대한 모성은 죽은 바다를 '생명의 바다'로 되살려줍니다. 저는 '고래시'를 쓰고, 노래로 만들어 보급했습니다. 2005년 국제포경위원회가 울산에서 개최됐을 때 『고래와 노래』란 한영시집을 만들어 선물했습니다. 김남조, 고은, 신경림 시인을 비롯해 한국의 대표시인 50분이 참여했습니다. 국제 NGO들의 반응은 폭발적이었습니다. 그 시집은 세계 최초의 고래시집으로 평가받았습니다. 그때부터 우리나라 시인들에게 고래는 통과의례가 됐습니다. 울산 해안선 155킬로미터 밖의 바다를 '고래 바다'로 선언하고 기념비까지 세웠습니다. '고래를 사랑하는 시인들의 모임'을 만들어 '고래의 날'을 제정했습니다. 고래의 날을 기념하며 전국의 문학인을 초대해 '대한민국 고래문학제'를 개최해 왔습니다. 『고래와 문학』이란 무크지도 만들어 보급하고 있습니다. 장생포에 돌고래 생태체험관이 만들어지고 난 뒤 일본 돌고래 4마리가 찾아왔습니다. 돌고래들에게 한국 이름과 주소와 주민번호를 선물해 장생포 주민으로 귀화시켰습니다. 한국시인협회에 건의해 그 돌고래들에게 '자연시인증'을 선물하고 명예회원으로 가입시켰습니다.

이런 문화와 생태를 바탕에 둔 고래콘텐츠를 행정이 악용하는 경우가 많습니다. '고래의 날'이 그렇습니다. 울산 남구청의 요청으로 고래의 날 주도권을 양보했습니다. 해마다 해오던 공동기념식을 올해는 통보 없이 취소했습니다. 그래도 '고래를 사랑하는 시인들의 모임'은 조촐하지만 고래의 날 기념식을 가졌습니다. 새 구청장이 전 구청장이 하던 고래 사업을 '깔아뭉갠다'고 공무원들 사이에 떠도는 이야기들을 풍문으로 들었습니다. '고래밥상'도 그렇습니다. 고래축제에 고래고기를 판매해 20억을 투자하는 울산고래축제 여론과 평가가 좋지 않았습니다. 고래밥상이란, 고래가 좋아하는 밥상입니다. 고래축제의 이름값을 찾기 위해 미역과 울산지역 바닷물고기로 밥상을 차리자고 제안했는데, 고래고기로 만드는 고래밥상으로 변질됐습니다.

여전히 정부와 행정의 고래 죽이기는 계속되고 있습니다. 묻습니다. 당신은 바다 포유류며 인간에 의해 멸종위기 상태인 고래를 환경부가 아니라, 농림수산식품부가 관리하는 것을 아십니까? 그건 정부가 바다의 꿈인 고래를 '생선 취급'하는 것입니다. 생선이라 하기에 고래는 바다의 오염으로 중금속 오염이 높은 동물입니다. 정부는 고래고기의 중금속 오염에 대해 입 다물고 있습니다. 그건 '너희들 알아서 처먹어라'는 대국민 욕과 같습니다. 저도 정부에 욕 좀 해야겠습니다. "젠장, 고래가 어디 시장바닥서 파는 생선입니까?" 단지 바다 생선을 좋아하는 이유로 부산시민 중금속 오염이 서울시민에 비해 3배나 높습니다. 고래고기는 12가지 맛이라 자랑합니다. 그러나 중금속까지 13가지 맛이 있다는 것을 아셔야 합니다. 고래고기를 유난히 좋아하는 사람들의 얼굴이 점점 검어지는 것을 저는 많이 보아왔습니다. 울산 남구청은 태화강과 장생포로 이원화된 고래축제 장소를 고래고기의 본산인 장생포로 몰아넣었습니다. 고래박물관은 잔인

한 포경박물관이고, 생태체험관에서 돌고래를 만나고 나오는 어린아이들 눈앞에서 고래고기를 삶는 퀴퀴한 냄새를 풍기며 고래고기를 파는 현실은 최근 파문을 일으킨 '잔혹 동시'보다 더 잔혹한 동화의 한 장면입니다. 여기에 최근 장생포 고래마을을 만든 것은, 고래잡이의 추억을 되살려 결국은 우리 바다에서 포경을 재개하겠다는 '악의'로 읽힙니다. 저는 또 묻습니다. 당신은 우리 바다에서 고래가 공식으로 6시간에 한 마리씩 죽어가는 것을 아십니까? 불법 포획으로 그보다 더 빠른 속도로 고래가 죽어가는 것을 아십니까? 은밀하게 불법 거래된 고래고기들이 당신을 유혹하고 있습니다. 어머니와 똑같이 10개월을 임신해, 제 새끼를 출산해 미역을 먹고 젖을 불려 자식을 키우는, 우리 어머니 같은 고래가 죽어가고 있습니다. 고래는 생명이며, 모성이며, 문화입니다. 도대체 대한민국은 어쩌자는 것입니까? 고래를 멸종시켜 바다를 죽이고 우리가, 우리의 아이들이 환호하는 바다의 꿈까지 모조리 멸종시키려는 겁니까? 시인 한 사람 키우지 못하는 무뇌의 바다를 만들려는 겁니까?

월간 <작은 것이 아름답다> 2015년 7/8월호

정일근 시인의 고래 적바림·3

당신 가슴속 고래는 안녕하신지요?

"고래에게 물어보자!" 심각하게 고민하는 문제의 답을 토론과 대화로 찾기 어려울 때, 저는 불쑥 이런 제안을 할 때가 있습니다. 그때부터 청춘들은 답이 푸른 바다의 고래에게 있는 듯 마음이 달떠 고래만을 생각합니다. 그래서 지난달 제가 지도하는 대학 언론의 주역인 청춘들과 답을 찾기 위해 '고래 바다'인 울산을 찾았습니다.

이럴 때쯤 나오는 질문은 "고래를 만나지 못하면 어떻게 하죠?"입니다. 울산 바다는 예로부터 '가없는 고래 바다'입니다. 고래 바다에는 반드시 고래가 있습니다. 우리 눈이 어리석어 고래를 보지 못하는 일로 고래의 존재를 부정해서는 안 됩니다. 우리가 보지 못하지만 고래는 우리를 보고 있으니까요. 질문과 답이 하나가 될 때 고래가 기적처럼 나타나는 것을 고래목측조사에 참여하면서 저는 수없이 경험해 왔으니까요.

울산시 어업순시선 '울산201호'(17t·선장 이용우)는 천천히 방어진항을 떠났습니다. 전날 밤 고래를 기대하며 잠을 설친 청춘들은 라이프재킷을 단단하게 갖추고 사용 방법까지 교육을 받았지만, 항구에서 멀리 떨어질수록 불안한 표정을 감추지 못합니다. 모든 답을 '바다'라는 과정을 지나야 '고래'라는 결과가 나오는 법입니다.

저와 함께 떠난 청춘 중에서 바다에서 고래를 직접 만난 대학생은 없었습니다. 돌고래 수족관에 사육되는 돌고래를 구경한 청춘은 있었습니다. 사람이 던져주는 먹이를 받아먹는 돌고래는 '슬픈 고래'입니다. 저는 사람에게 잡혀 와 갇혀 사는 돌고래를 만날 때마다 그 눈을 자세히 봅니다. 참 슬픈 눈입니다.

한바다에서 만나는 돌고래는 '웃는 표정'입니다. 자유가 주는 생명의 충동감이 온몸에서 뿜어져 나옵니다. 생기가 가득 찬 돌고래 떼의 유영을 저는 '바다 피아노'로 비유한 적이 있습니다. 그 순간, 돌고래 떼는 바다란 피아노의 자유로운 건반이 되어 바다를 탄주합니다. 시속 25노트로 연주하는 바다 피아노는 살아있는 연주입니다.

어느 해인가 5,000여 마리의 돌고래 떼가 유영하는

한가운데 초대돼 그 연주를 들은 적이 있습니다. 제가 만난 백건우, 양방언, 이루마, 유키 구라모토 등 아름다운 피아노 연주자가 다 모여서 연주하는 황홀한 시간 같았습니다. 돌고래들은 저를 단번에 엔도르핀이 넘치는 관객으로 만들어 버렸습니다. 그때부터 제가 고민하는 답을 고래가 가르쳐 준다는 것을 고래 탐사에서 배웠습니다.

청춘들은 1시간 30분 정도 고래를 찾지 못한 채 거친 파도를 타며 기력을 잃어가고 있었습니다. 뱃멀미를 견디지 못해 드러눕는 친구들까지 속출했습니다. 순간, 어업순시선 선장이 외쳤습니다. "오른쪽 앞에 돌고래 떼 출현!" 빛을 잃어가던 청춘들은 순식간에 제빛을 찾고 처음 만나는 1000여 마리 참돌고래 떼 유영에 환호성을 질렀습니다.

오전 10시 32분, 북위 35도 32분 41초, 동경 129도 36분 23초 울산시 동구 주전동 이덕암 등대 동방 5.5마일 해상이었습니다. 바다에 일찍 봄이 온 때문인지 멸치 떼가 몰려들자 참돌고래 떼도 함께 나타났습니다.

참돌고래 떼는 유선형의 날씬한 몸매를 자랑하며 빠른 속도를 내 청춘들이 탄 배를 따돌렸습니다. 추적하지 않는 친구라는 신호로 배의 속도를 늦추자 돌고래 떼 역시 속도를 늦추었습니다. 돌고래들은 배와 함께 앞서거니 뒤서거니 하며 공중제비의 묘기를 보여주었습니다. 청춘들이 고민하는 문제의 답을 충분히 보여주었습니다.

정호승 시인은 '푸른 바다에 고래 없으면/푸른 바다가 아니'라고 했습니다. 마음속에 '고래 한 마리 키우지 않으면/청년이 아니'라고 했습니다. 나는 그날 밤에 예정된 토론회에서 우리가 고민하는 답이 나올 것이라 예상했습니다. 고래가 사는 푸른 바다에서 마음속에 고래를 가득 담은 청춘들이 쏟아낼 답이 참돌고래 떼보다 많을 것이니까요.

청춘들이 답을 찾고 돌아간 뒤 며칠 지나지 않아 울산 돌고래생태체험관에서 일본 와카야마현 다이지에서 수입해 온 참돌고래 한 마리가 나흘 만에 폐사했습니다. 생태체험관이 문을 연 후 벌써 6마리째 폐사였습니다.

죽은 돌고래는 청춘들이 만난 돌고래와 같은 종류였습니다.

오래전 육지 동물이 바다로 진화해 간 고래가 숨을 쉬지 못해 죽어갔다는 것은 분명 사람의 죄입니다. 우리가 고민하는 문제의 답을 우리가 폐사시킨 것입니다. 푸른 바다를 피 흘리는 붉은 바다로 만드는 일입니다.

고래가 아프게 죽어가는 시대, 당신에게 고래는 무슨 의미입니까? 저에게 고래는 바다와 같은 뜻입니다. 아니, 바다보다 더 넓고 큰 의미라고 생각합니다. 바다에 고래가 살지만 저는 고래 속에 바다가 있다고 생각합니다. 고래가 피 흘리며 죽어가고 있습니다. 그건 바다가 죽어가고 있다는 이야기입니다. 당신의 바다는, 당신 가슴속의 고래는 안녕하신지요?

국제신문, 2017. 03. 03.

내가 만난 정일근 시인

귀신고래를 기다리며 망경가望鯨歌를 부른다

정일근은 별다른 일 없으면 일주일에 하루 바다로 나간다. 울산시 어업지도선을 타고 15마일을 나가 눈 크게 뜬다. 그는 눈으로 고래를 관측하는 목시(目視) 탐사원이다. 고래 찾는 재주도, 재수도 좋다. 그가 나서는 날이면 고래가 나타난다 해서 지도선 사람들이 반긴다.

그는 열흘 전에도 밍크고래 두 마리를 찾아내더니 곧이어 참돌고래 떼를 만났다. 얼추 2000마리가 솟구치고 흩어지며 군무(群舞)를 펼쳐 보였다. 음표처럼 튀면서 장엄한 소나타를 들려줬다. 그 연주에 따라 환호성을 지르다 보면 목이 쉬어버린다.

정일근을 만나러 울산 가는 날을 어업지도선이 고래 탐사 나가는 화요일에 맞췄다. 그러나 바다가 사납고 해무(海霧)가 끼어 배가 뜨지 못했다. 장생포항에서 작은 어업지도선을 얻어 타고 울산만 입구까지 다녀오는 것으로 아쉬움을 달랬다.

그는 장생포항 고래박물관 앞바다에서 귀신고래 이야기를 들려줬다. 반구대 암각화에도 등장하듯 11월이면 어김없이 내려와 봄까지 지내며 새끼를 낳던 우리 고래다. "귀신고래는 먹이를 찾느라 16m나 되는 몸으로 개흙을 훑고 가 바다 밑바닥을 비옥하게 만듭니다.

새끼를 배 밑에 붙이고 다니며 돌봅니다. 꼭 밭 가는 우리네 아버지, 아이 업은 우리네 어머니 형상이지요." 그는 1964년 사라진 귀신고래가 돌아오길 기다리며 망경가(望鯨歌)를 부르는 '고래 시인'이다.

배가 태화강 하구를 거슬러 올라갔다. 바다에선 몸을 가누기 힘들게 요동치던 배가 조용히 미끄러진다. 대신 물빛은 탁해졌다. 정일근은 110만 울산 사람 중에 20%인 토박이와 80% 외지 사람을 태화강의 발음으로 구분해 낸다. 토박이들은 '태홧강'이라고 발음한다. 사이시옷이 분명하게 살아 있다. 그들이 기억하는 강은 맑고 푸른 강이었다. 그냥 '태화강'이라고 하는 사람들에겐 산업화의 배설물을 묵묵히 받아내온 검은 강이다.

정일근도 '태화강'이라고 발음했다. 그는 진해에서 태어나 마산서 고교와 대학을 나왔다. 대학 때 등단했고, 모교 진해남중에서 가르치며 첫 시집 『바다가 보이는 교실』을 냈다. 그는 기자 문인 김훈이 좋아 보여서 서른

둘에 신문기자가 됐다. 서울서 사건기자로 경찰서를 돌아다니다 부산 주재로 왔고 1992년 소속사를 바꿔 온 곳이 울산이다.

그는 반구대 암각화가 경상남도 기념물이라는 걸 알고 국보 지정 운동을 벌였다. 그러면서 고래에 관심이 생겨 장생포를 드나들며 고래 시를 쓰기 시작했다. 98년 전업 시인으로 나선 뒤로는 '고래운동가'가 됐다.

이듬해 시노래 모임 '푸른 고래'를 만들어 울산·바다·고래 소재 시를 노래로 지어 보급했다. 2005년엔 주문진서 장생포까지 7번 국도 따라 6주를 걸으며 시노래 공연과 포경 반대 캠페인을 했다. 그해 국제포경위원회(IWC) 총회가 울산서 열리자 영역(英譯)한 고래 시집을 대표단에 돌려 찬사를 받았다.

그는 시인들을 울산으로 불러 탐사선에 태우고 고래를 보여준다. 그래서 시인들이 자연스럽게 고래 시를 쓰도록 한다. 시의 힘을 빌려 울산과 장생포와 고래에 대한 세상 관심을 키우는 전략이다. 그는 "이제 고래는 울산의 브랜드"라고 자부했다.

정일근은 2000년 겨울 울산광역시 울주군 웅촌면 은현리 후배 집에 들렀다. 코끝이 찡하게 추운 날 아침 후배의 초등생 아들이 마루에서 맨발로 공부하고 있었다. 조금만 추워도 칭칭 싸매고 조금만 더워도 에어컨을 틀어대는 스스로가 부끄러웠다. 곧바로 은현리에 작업실을 얻어 들어왔다.

은현리는 무제치늪을 안은 솥발산이 병풍처럼 둘러친 들판에 들어앉았다. 슬레이트 지붕을 얹은 월셋집 한 칸이 그의 작업실 청솔당(聽蟀堂)이다. 귀뚜라미 소리를 듣는다는 뜻이다. 집 뒤 갓 모내기 한 논에서 흙냄새가 창으로 밀려든다. 상큼하다. 그가 뜰에서 산딸기를 한 움큼 따다 씻어 준다. 새큼하다.

지나온 은현리의 삶이 평화롭지만은 않았다. 10여 년 전 쓰러져 뇌종양 진단을 받고 머리 수술을 두 번 했다. 다행히 악성이 아니었다. 얼마 뒤엔 에베레스트에 갔다 고산병에 걸렸다. 3년 전엔 동티모르에서 커피 농사를 돕다 말라리아에 걸렸다. 농사 경험을 책으로 써서 나온 수익금으로 작은 학교를 지어주려던 계획을 접어야 했다. 그는 지금도 갑상선 이상을 비롯한 7가지 후유증에 시달린다.

정일근은 이런 고통도 선물로 여긴다. 아파도 쓸 수밖에 없는, 그럼으로써 그를 구원해 주는 시(詩)에 감사한다. 그가 은현리에서 제일 크게 얻은 것은 그의 시가 '역사'와 '현실'에서 '서정'으로 돌아온 것이다.

울산은 지난 50년 쉬지 않고 공업화의 길을 달려왔다. 노사분규·공해·오염이 울산을 상징했다. 언젠가 여론조사에선 "자식 낳아 기르며 울산에서 살겠다"는 사람이 40%도 안 됐다. 정일근은 그런 울산이 광역시로 품이 커지면서 꿈꾸고 변화하는 도시가 됐다고 했다.

도서관·박물관·문화공간이 많이 생기면서 눌러 살겠다는 정주(定住)의식도 커졌다. "울산은 누구든 꿈 품고 오면 이룰 수 있는 기회의 땅입니다. 나만 해도 울산에서 세 손가락 안에 드는 고래전문가가 되지 않았습니까."

그는 얼마 전 전업 시인 12년 세월을 끝냈다. 모교 경남대에서 시를 가르치는 교양학부 교수가 됐다. 그러나

거처를 옮길 생각이 없다. 그에게 장생포 고래는 가슴 뛰는 삶, 은현리 자연은 시(詩)이기 때문이다. 그 둘만으로도 그는 이 도시에서 가장 바쁘고 행복한 사람이다.

정일근이 지난 3년 관측해 탑승일지에 기록한 고래는 돌고래 포함해 1만 마리가 넘는다. 그는 10만 마리 채울 때까지 고래 탐사를 계속하겠다고 했다.

조선일보, 2010. 06. 29. 오태진 수석논설위원

정일근 고래 시집

꽃 지는 바다, 꽃 피는 고래

초판 1쇄 발행 2024년 10월 31일

지은이 정일근
펴낸이 강수걸
편집 강나래 이선화 이소영 오해은 이혜정 김효진 방혜빈
디자인 권문경 조은비
펴낸곳 산지니
등록 2005년 2월 7일 제333-3370000251002005000001호
주소 부산시 해운대구 수영강변대로 140 BCC 626호
전화 051-504-7070 | 팩스 051-507-7543
홈페이지 www.sanzinibook.com
전자우편 sanzini@sanzinibook.com
블로그 http://sanzinibook.tistory.com

ISBN 979-11-6861-377-5 03810

* 책값은 뒤표지에 있습니다.
* 잘못 만들어진 책은 구입처에서 교환해드립니다.